句集

魔女の留守

蔵本芙美子

文學の森

序文

西池冬扇

句集『魔女の留守』には蔵本芙美子の世界がある。彼女から句集の題名を聞いて少なからず驚いた。『魔女の留守』というなんだかファンタジーめいた題名だったからである。しかし、じきになるほどと思った。

彼女にとっては、この世の中はじっと見つめれば見つめるほど、また存在しているモノの形を見れば見るほど、そのモノをとおして不思議な別の世界が見えてくるらしい。

そのような世界は冒頭の句からもうかがい知れる。

白きもの白く乾きて暮遅し

この句は日が伸びて来た頃の喜びを詠い、白い洗濯物が乾くとさらに白さを増す、という景である。彼女には白いものが白く乾くという当たり前であること自体が新鮮な驚きなのである。最初この句を読んだときは、簡単には、ただそれだけのことと感じた。しかし、何度か頭の中で繰り返している内に、下五の「暮遅し」という季語と相俟って浮かんで来た「イメージ」は、ただの白い洗濯物を超えた「誰そ彼」とでも昔の人が呼ぶような「逢魔が時」的雰囲気を持つ光景であると感じた。「暮遅し」は逢魔が時である、といえば、人は深読みというかもしれない。しかし句集が一つの俳句世界を形成することが、結果としてあるならば、このイメージも、そう突飛なものではないことに句集を読み進める間に読者は気がつくはずだ。

春の闇三角形の駐車場

確かに三角形の駐車場は変わっているかも知れないが、通常不思議とするほどではない。しかし彼女には春の闇の中に何かしら、とてつもない意味を持った空間のように感じられるのだ。五芒星やダビデの星などのようなシンボル性の強いものはいうに及ばないが、形状へのこだわりと興味はファンタジーの世界への入り口である。

日常的なモノの存在する形状への執着はいたるところに見ることができる。

Tシャツを四角く畳む夜の薄暑

いかにもきちんと四角く畳んだことと、そのTシャツに残っている熱まで感じる。

また右へ倒れ癖ある葭簀かな

立て直しても、立て直しても倒れぐせのある葭簀、しかも右というのが気になる。

大寒やくの字に立ちしドラム缶

途中がひしゃげたドラム缶の形も気になる。寒風の空き地にたっているのだろうか。

それは数への興味、こだわりとしても表現される。ごく日常的な現象にも数が面白さを喚起するのである。

松 過 ぎ や 回 数 券 の 一 枚 目

最初の一つというのは全て気持ちがよい。

向 日 葵 や 竿 に タ オ ル の 二 十 枚

天気の良い日の庭の光景であろうか。何でも数えてみたくなるのは新鮮な子供の気持ち。ワンダーランドへの入り口である。

鴛 鴦 を に ぃ し ぃ ろ ぅ と 数 え た り

鴛鴦なので数えるのも偶数。

誘 蛾 灯 少 女 は 卵 ひ と つ 買 う

妖しげな光景を醸し出している。「ひとつ買う」という非日常的な光景がキーとなり、幻想世界へ誘われる。

また色では赤い色を好む。赤い色は不思議な世界へのパスポートかもしれぬ。本句集中「赤」が表現される句は十五句に及ぶ。「赤」にこだわりの強い句を挙げる。

春時雨また赤の出るドロップ缶
逝く秋や赤の残れる五色豆
信号みな赤なる瞬間や夏深し
一団のみな赤シャツや遊び船

赤い色や月は魔の世界へ通じる。魔の世界への入り口はあちらこちらに仕掛けられている。日常世界を離れ読者は芙美子のワンダーランドに迷い込む。

売物の魔法の杖や赤き月
夏月や逆さ箒は魔女の留守

半地下の月が差し込む探偵社
遊園地は霧や南瓜に戻る馬車
夏兆す古刹の塀の覗き穴
河童忌や橋を渡れば雨の降る
婆さまの何か呪文や芋嵐

蔵本芙美子は大学を出て以来、定年に至るまで役所一筋の人生を送ってきたという。しかも仕事を十分楽しんで来たという。趣味は俳句だけというが、学生時代に楽しんだ弓道は二段〈金的をパンと射抜きし弓始〉というなかなかの名手であるが、他はさして他人と同じような当たり前の生活だったという。そのような自称「平凡な人生」を過ごしてきた芙美子さんに、突然「俳句の魔物」がささやきかけるようになったのは何かの機縁であるとしかいいようがない。自分で俳句を第二の人生の遊びとして選択したというより、俳句の方から人生に寄り添ってきたとしかいいようがない。俳句の魔物に寄り添われると、ひとは自ら新しい俳句の表現を求めて、狩りを始める。多くの俳人が歩いた道、芙美子さんはまさにその途上にある。
今、芙美子さんは、生活の中に見られるなんでもない景にいのちを与え、俳句として表現し続けている。特に注目したい句をいくつか挙げよう。

春昼のショートケーキの横倒し

上五で軽く雰囲気を表出したのであろう、「の」は軽い切れ字である。ショートケーキは上に生クリームや苺が乗っていたのであろうか。おしゃれな店で春のティータイムを一人で楽しんでいたのだろうか。ケーキが横倒しになっても喜ぶのが俳句の世界である。

磨きあぐ大鍋二つ夏は来ぬ

これも季語のとりあわせが心地よい景の雰囲気を醸す。

開戦日やかんの口のこちら向き

薬罐の口がどちらに向いているか、が気になった。でもそれは蒸気の噴き出す方向が危険だからと、特に気をつけたわけではないと思う。あるとき突然、薬罐の口の存在が奇妙に思えることがあるのだ。サルトルの小説の主人公ロカンタンが木の根の存在に一種の嘔吐を感じたように。私にもその経験がある。

宵宮や転がしていくガスボンベ

祭の宵宮の景、屋台のおじさんがガスボンベを転がして運んでいく。あの転がし方には独特の方法がある。昔、夜店で感心して眺めていたものだ。レトロな味わいがある。

かりがねや少しずつ引く紙芝居

これもレトロな光景。紙芝居屋の自転車、拍子木、水飴、そして少しずつ次の絵を見せながら太鼓と声色を使う巧みな話術。洟垂れの「オー坊」もシンデンの「オチヨ」もヤナギの「おげん婆さん」も口をあんぐり見ていた。今は紙芝居屋が回ってくることもなくなった。

飛行機雲の先の飛行機花万朶

飛行機雲も句材になりやすいが、これはしっかり飛行機雲をながめて作った句。飛行機雲の存在の前提としてそれを作りだしている飛行機がいる、そんなことを考えながら、ぐんぐん伸びていく飛行機雲をながめている。花万朶という季語との組合せから、いくつも「イメージ」が湧いてくる。

蔵本芙美子の俳句世界は、今どんどん進化し深化している。次にどのような世界が展開されるか想像すると胸が高鳴る。

二〇一五年師走

句集　魔女の留守☽目次

装丁　井筒事務所

句集　魔女の留守

絵硝子

二〇〇九年〜二〇一一年

白きもの白く乾きて暮遅し

春の闇三角形の駐車場

春の夜や仏頂面の古書店主

脚組んでブラックコーヒー竹の秋

野遊びやシート四隅の石と靴

春時雨また赤の出るドロップ缶

自転車に揺れるレタスや夕明り
春昼のショートケーキの横倒し

ビール缶くしゃりとつぶす放哉忌

耕運機押して十歩の繰り返し

生薬の煮詰まりし夜の亀鳴けり

シャンプーのポンプ二度押す法然忌

水尾が水尾消して番の春の鴨

仁和寺に落花盛んと案内板

檀那寺の和尚福耳夏兆す

Tシャツを四角く畳む夜の薄暑

白き花多し日本の夏来る

少年の犬呼び戻す五月闇

梅天や新車農機は赤ばかり

夏兆す古刹の塀の覗き穴

神鶏の子に追われいる油照り

暑き日やにこにこと来る伝道師

馬おらぬ厩の鞍や走り梅雨

ブラームスハンカチ落ちる音のして

父は子を子はみんみんを連れており

黒蟻よ岬を行けば日本海

夏燕シャッター下りし店のまた

大西日ポストの口の赤き錆

うず高きキャベツの山の崩れけり

向日葵や竿にタオルの二十枚

重たげな男の耳環祭笛

ここだけの話ね微温きアイスティ

夕菅や靴の散らかる検診車

下校児のまた水飲むや雲の峰

秋の灯の点せば辺り暗さ増し

二日目のカレー煮返す秋の雨

野分去る巣箱の庇傾けて

エスカレーターに足置く間合い秋暑し

左手に替えし頰杖秋さびし
ひと雨に色動きたり紅葉山

ここからが磴の始まりこぼれ萩

ピカピカと光る線路や台風過

撫で肩の僧振り返る良夜かな

秋澄めり金色の飴コンと割る

風向きの変わる丁字路冬隣

柿色の柿まだ三つ鴉鳴く

御影堂に百の木魚や深む秋

冬隣爪先トンと靴を履く

どこまでが摩耶で六甲冬に入る

モビールの小さき揺らぎ冬兆す

小春日や極彩色のスニーカー

音羽屋と悪役へ声冬に入る

短日や端切れ屋並ぶ裏通り

鍋の手の少し弛みし寒さかな

いつの間に鉄路は右に冬椿

開け放つ庄屋屋敷や鶲来る

角店は今も旅籠屋日脚伸ぶ

山茶花の零れつ咲きてまた零る

風邪に寝て司馬文学の五巻かな

尺二寸ほどか寝釈迦の冬日浴ぶ

休日は教師来ている兎小屋

連なりし回送バスよ十二月

黒猫の居ついていたり漱石忌

ナース帽聖樹点して行きにけり

春隣る尼の手提げのピンク色

手相見と目が合いにけり霜降る夜

待つ春の左から履くトゥシューズ

寒晴や歩幅の大き尼法師

箸置きのおかめひょっとこ水仙花

鍬の柄を短く持ちぬ冬耕《うな》い

列の僧みな大足や眠る山

帰り花役場の時計遅れがち

勘亭流の幟浦路の実千両

市役所の裏の公園冬紅葉

初明り絵硝子の色浮かび出す

梅の湯の「の」を隠したり注連飾

松過ぎや回数券の一枚目

探偵社

二〇一二年〜二〇一三年

綾取りの糸の絡みし余寒かな

前の歯の減りし庭下駄梅三分

手の甲にのせて味見の木の芽味噌

手に履いて草履選りけり春初め

座るなと壊れた椅子や浅き春

間違えて大きな返事春みかん

透かしみて夫の横顔朧の夜

カラカラと自転車曳きぬ春の月

固まってカレーランチや新社員

桜東風竜の吐水の右揺れに

春ゆうべ金平糖の量り売り

自転車で来るお花見の一家かな

春の風邪コンカン点る蛍光灯

豆腐屋の濡れた釣銭余寒かな

眼科医は近眼らしき冴え返る

春昼や巻き上げてある湯屋のれん

行く春の何度も反す砂時計

徒遍路リュックに揺れる照坊主

つばくろや野良着一束二千円

海峡の赤きタンカー昭和の日

ゆきずりの犬撫でている日永かな

ボンカレーの看板の笑み麦の秋

朝市の屈んで金魚選りにけり

磨きあぐ大鍋二つ夏は来ぬ

薫風や三段跳びに道渡り

マジックの種売る露店青葉寒

カラカラと鎖引き摺る夏至の犬

夏足袋を小さく穿きぬ老芸妓

五月闇ふいに鳴り出すオルゴール

合流ししばし二《ふた》色《いろ》夏の川

あの子のは柄が伸び縮む捕虫網

ややあやあと真上にあげし夏帽子

駅までは五百メートル驟雨来る

河童忌や橋を渡れば雨の降る

自転車のドミノ倒しや油蟬

夏帽のままに傘さす日照雨かな

三角形に汗の顔拭く銀行員

昼の鵜や白きフェリーの半回転

半開きのシャッター潜り夏帽子

夏月をちょっと見上げるピザ屋かな

網窓に猫居るモデルハウスかな

女将似の棚の於福よ冷奴

密葬のピンクの柩夏至の雨

鼻の似し目似しと通夜のビールかな

また右へ倒れ癖ある葭簀かな

自転車の振分け荷物茄子トマト

ハンカチの広げ貼られし玻璃戸かな

青嵐裏から読みし旗の文字

夏月や逆さ箒は魔女の留守

じゃんけんの鞄持つ番てんと虫

お待たせと差し掛けられし日傘かな

天井扇ボギーの帽子テーブルに

垂れ長き兵児帯の赤冷やし飴

店の間につぎつぎ散らす京扇

塩むすび辣韮そろそろ漬かるころ

店のぞく旅僧一人夏満月

信号みな赤なる瞬間や夏深し

角店の時計の傾ぐ残暑かな

腰細き細き御仏花芙蓉

山の湯に桶置く響き今朝の秋

ふっと起きまた眠る猫萩の風

月下のバス耳の尖った運転手

秋暑し案内書翳し旅一行

かりがねや少しずつ引く紙芝居

暮の秋酒瓶倒れ小六墓

台風や姿勢よく座す刀剣屋

べた足の仏足石や秋暑し

柿の木の下へ寄り切る宮相撲

枝折っている君それは渋柿ぞ
ばった跳ぶフランス山の天辺から

星月夜高窓過るピーターパン

媽祖廟の太き線香秋うらら

三人の魔女の鉤鼻大南瓜

震災忌時報で覗く腕時計

秋祭少し外れて綿菓子屋

月天心男はふいに歌い出す

傘立に牛蒡百本秋うらら

草の実や部室の壁に木偶二体

乗客の最後が降りて台風来

両の手で扇ぐ少女や青みかん

半地下の月が差し込む探偵社
皿出さな秋刀魚そっくり載るような

縄電車の二両編成鴫日和
数珠玉やみっちゃん今も片えくぼ

長き夜や電話の横の貯金箱

合わせても進む時計や鶏頭花

敬老日記憶の父のわしっ鼻

はぜの実や郵便バイクの急発進

行く秋や秤食み出す蛸の足

早足の僧の残り香憂国忌

キャッチボール互いに落とし日の短か

工事場に転がる薬缶年詰まる

湯湯婆の吊るされている荒物屋

極月のバスやぽろりと人出でぬ

塵取りで雪搔いている朝かな

公園に移動図書館時雨来る

山茶花や河馬ゆうらりと身を沈め

寝姿に沿いポンポンと掛蒲団

少年の袈裟懸け鞄北吹いて

鍋焼や並べ置かれし老眼鏡

遠火事やぞろぞろ起きて水飲みに

赤錆の檻の凍てたり猿二匹

暦売古雑誌敷く台の脚

石蹴って学校遠き冬の朝

開戦日やかんの口のこちら向き

冬薔薇ベレー帽被《き》てつんとして

師走かな床屋の席を猫追われ

駅冱つる夜汽車の切符回収箱

裏山は鴉混み合う冬至かな

客来れば炬燵より出て古本屋

数え日や寄席の御茶子の赤だすき

街師走女は荷物多く持ち

しりとりをして待ち居たり除夜の鐘

大寒やくの字に立ちしドラム缶

大川の架橋数える石蕗日和

臘梅や財布の底の古御籖

箸に取る水飴の伸び春間近

母の名の書かれし肌着福寿草

金的をパンと射抜きし弓始

呪　文

二〇一四年〜二〇一五年

射的場の四射皆中寒明ける

干鰈ガサガサ緩く新聞紙

春宵や窓に影透くママレモン

曳舟の大橋潜る建国日

ページ繰る音と紅茶とヒヤシンス

橋に来て赤子あやせり春の宵

花なずなブランコが外されている

朝市のにわか酒場や目刺焼く

議事録のへのへのもへじ春の昼

入院の日の割箸や春の雪

五番町辺りの躑躅白多し
花びらの髪にかかりし気配かな

硝子戸の内より貼らる「鶯餅」

花冷えや旗にくっきり畳皺

つくしんぼ丈を短く売られけり

売れ残る兎と鸚哥春の月

辻楽士の銭入れ置きぬ花の屑

道化師の辞儀深々と花の冷

対岸も菜の花畑土手長し

春の雨卵で卵割る朝

人の輪の中に矮鶏いるお中日

屋根葺きの時々桜眺めやる

春寒や僧酒好きを白状す
手枕で横になる鬼寺の春

田楽食ぶ串の焦げ跡揃いたり

春夕焼檻のゴリラが手を伸ばす

きんつばの縁を焼きおり春驟雨

飛行機雲の先の飛行機花万朶

氷砂糖舐めて透けゆく春日かな

春の月人の立ってる縁の先

つばくろやビラの丸まる無人駅

日曜の巻きつけてある鯉幟

バス停は土手の端っこ夏蓬

隧道を駆け行く工夫夏はじめ

長い杖短い杖や燕子花

市民課の朱肉黒ずむ夏至の雨

紫陽花の鉢で仕切らる運動場

一団のみな赤シャツや遊び船

砂山を崩して終わる海水浴

起し絵のジュラ紀の恐竜畳みけり

日盛や男の腰の鍵の束

太宰忌や籐椅子の尻抜けそうな

青枇杷やチラシ詰まりし牛乳箱

誘蛾灯少女は卵ひとつ買う

光秀忌飛べぬ鳥の濡れそぼつ

ひんがしへ泳ぐ赤鱏夏の夕

夏至の雨鴉の赤き口の中

黒板に今日の品書き鈎忍

水面にまだ朱き雲パリー祭
宵宮や転がしていくガスボンベ

通りまで一つ灯りぬ雨蛙

空梅雨や猩猩朱鷺の赤き餌

「たぬき舎」の「ぬ」の字読める子夏休み

炎帝や獺の足跡すぐ乾き

薬種屋の千の抽斗土用凪

風船を捩りに捩り夏の果

花火果つ街に笛吹き通りけり

米櫃に米足す音や夜の秋

おばちゃんの月星シューズ雲の峰

木に吊す解体許可書夏の蝶

尺蠖の右に左に転ぶとき

西日さすビルや鴉の大き影

角砂糖突いて溶かす夜の秋

人入って後の自在戸残暑光

流燈をしばらく抱いて水に置く

引出しに知らない鍵や星祭

六道参り軽く置かれし井戸の蓋

月光や隣のケージ覗く狒狒

シャツ脱いで獣の匂う月夜かな

銀色の象の尿や月上る

縞馬のダアルマサンガ月夜かな

仕舞屋の土間で着替えし秋祭

リフト百人脚ぶらぶらと草紅葉

逝く秋や赤の残れる五色豆

座布団に秋の陽射しよ屋形船

遊園地は霧や南瓜に戻る馬車

把手までアールヌーヴォー秋の蝶

老僧の袈裟揺すり上ぐそぞろ寒

妻入の窓に烏賊干す二三枚
とんぼうの通り抜けたる投票所

婆さまの何か呪文や芋嵐

売物の魔法の杖や赤き月

露天湯の四隅の四人紅葉しぬ

冬隣る一枚きりの千社札

団栗の祠に落ちぬ地に落ちぬ

長き夜や蛸せんべいの足の数

文《ふみ》庫《ぐら》の鍵穴二つ昼の虫

月曜の落葉を払う公用車

鴛鴦をにぃしぃろぅと数えたり

保育所に子供が一人冬の星

大根焚色の濃きから選り呉れて

橋渡る花嫁御寮小春空

掻い掘りの鯉の重さや息白し

二丁目の角に軒借る時雨かな

豆腐屋の手書き伝票年詰まる

水鳥や双眼鏡の赤き紐

眼の残る鰤のあら煮や雨催い

風花や立つ脚替えるフラミンゴ

鉄棒の下の窪みや冬夕焼

目の端を白猫通る冬満月

年の湯や常連さんの桶置場

熱燗や露地にはみ出す樽と人

池普請亀を貰いし兄弟

郵便受けの雪を払って配達夫

待春や兎を買うた帰り道

あとがき

いよいよ職場の定年退職が近づいてきたとき、一番の心配は「第二の人生を上手に暮らせるだろうか」というものでした。

そのころ母が亡くなり、遺品のなかに俳句歳時記を見つけたのです。実家は商売をしていて、日々忙しかった母が俳句を作っているのは見たことがなく、いつかは俳句をと思いながら寝床ででも読んでいたのだろうと察せられました。

何か切なく、それなら母に代って俳句をしてみようかと思ったのが、俳句入門のきっかけだったのです。

黄泉路行く母に添い寝の青葉雨

さらには徳島市のシビックセンターの俳句教室に申し込み、今は亡き赤松一鶯さんと知り合ったことが「ひまわり」俳句会との出会いにもなって、人生を上手にかどうかは別にして今や暮らしは楽しく充実したものとなっています。

このたびは、俳句歴六年ほどで少しおこがましい気がしないでもなかったのですが、西池冬扇主宰に励ましていただいて、俳句の寄り添う人生の現在の証しとして、またこれからの私の俳句を探すために、第一句集を上梓することにいたしました。

私の本当に敬愛してやまない西池冬扇主宰、西池みどり副主宰に日頃よりのご指導を感謝申し上げるとともに、冬扇主宰には、大変ご多忙のなか選句の労と身に余る序文を賜り厚く御礼申し上げます。みどり副主宰には細やかなご配慮ご指導をいただき誠にありがとうございました。「文學の森」の皆さまにもお世話になりました。

最後に、娘でもあり大切な句友でもある聖子さん、支えとなってくれてありがとう。

二〇一五年十二月

蔵本芙美子

著者略歴

蔵本芙美子（くらもと・ふみこ）

昭和22年　徳島市生まれ
平成21年　「ひまわり」入会
平成26年　「ひまわり」同人

現住所　〒770-0024　徳島市佐古四番町13-7

句集

魔女《まじょ》の留守《るす》

発　行　平成二十八年二月二十四日
著　者　蔵本芙美子
発行者　大山基利
発行所　株式会社　文學の森
〒一六九-〇〇七五
東京都新宿区高田馬場二-一-二　田島ビル八階
tel 03-5292-9188　fax 03-5292-9199
e-mail mori@bungak.com
ホームページ http://www.bungak.com
印刷・製本　潮　貞男

ISBN978-4-86438-513-8　C0092
落丁・乱丁本はお取替えいたします。